Amazing Athletes ✧ Atletas increíbles

Peyton Manning

Football Star ✧ Estrella del fútbol americano

Mary Ann Hoffman

Traducción al español: Eduardo Alamán

PowerKiDS press & **Editorial Buenas Letras**™
New York

Published in 2007 by The Rosen Publishing Group, Inc.
29 East 21st Street, New York, NY 10010

Book Design: Daniel Hosek
Layout Design: Lissette González

Photo Credits: Cover © Nick Laham/Getty Images; pp. 5, 21 © Jonathan Daniel/Getty Images; p. 7 © Robert Laberge/Getty Images; pp. 9, 17 © Jamie Squire/Getty Images; p. 11 © Chris Trotman/Getty Images; p. 13 © Rick Stewart/Getty images; p. 15 © Streeter Lecka/ Getty Images; p. 19 © Elsa/Getty Images.

Library of Congress Cataloging-in-Publication Data

Hoffman, Mary Ann, 1947-
  Peyton Manning : football star / Mary Ann Hoffman; traducción al español: Eduardo Alamán — 1st ed.
      p. cm. - (Amazing Athletes / Atletas increíbles)
  Includes bibliographical references and index.
  ISBN-13: 978-1-4042-7601-7
  ISBN-10: 1-4042-7601-7
  1. Manning, Peyton—Juvenile literature. 2. Football players—United States—Biography—Juvenile literature. 3. Spanish-language materials I. Title. II. Series.

Manufactured in the United States of America

Contents

Contenido

Peyton Manning is a great quarterback. He plays for the Indianapolis Colts.

Peyton Manning es un gran mariscal de campo. Peyton juega en los Potros de Indianápolis.

4

Peyton threw forty-nine touchdown passes in 2004. No one else has ever thrown that many in 1 year!

En 2004, Peyton lanzó 49 pases de anotación. ¡Nadie más ha lanzado tantos pases de anotación en un año!

7

Peyton's dad was a pro quarterback too. He taught Peyton to throw a football.

El papá de Peyton también fue mariscal de campo profesional. Él le enseñó a Peyton a lanzar el balón.

Peyton's brother Eli is also a quarterback. He plays for the New York Giants.

Eli, el hermano de Peyton, también es mariscal de campo. Eli juega en los Gigantes de Nueva York.

11

Peyton was a quarterback in college. He made the most passes ever at his college.

Peyton también jugó como mariscal de campo en la universidad. Peyton tiene el récord de más pases lanzados en su universidad.

13

Peyton won a national football award in his last year of college. His shirt is hanging at the college.

En su último año en la universidad, Peyton ganó un premio a nivel nacional. La universidad de Peyton ha colgado su uniforme como reconocimiento.

15

In 1998, Peyton Manning was the first player picked by a pro football team.

En 1998, Peyton Manning fue el primer jugador elegido para jugar en un equipo profesional.

Peyton was MVP in the 2005 Pro Bowl game. That means he was the best player in the game.

En 2005, Peyton fue el Jugador más Valioso en el Tazón de los Profesionales.

Peyton helps children and others in his community. He received an award for his good work.

Peyton ayuda a los niños de su comunidad. Aquí, Peyton recibe un premio por su trabajo de caridad.

20

21

Glossary / Glosario

award (uh-WARD) A prize or honor given for something you have done.

college (KAH-lihj) A school you go to after high school.

quarterback (KWOR-tuhr-bak) The player who throws the ball and leads the team.

touchdown (TUCH-down) A score made in football when a player carries or catches the ball over the other team's goal line.

---

premio (el) Un reconocimiento que se le da a una persona que ha hecho algo especial.

universidad (la) Una escuela a la que vas después de la escuela secundaria.

mariscal de campo (el) En inglés *quarterback*. El jugador que lanza el balón. El líder del equipo.

anotación (la) En inglés *touchdown*. Cuando un jugador lleva o atrapa la pelota dentro de la línea de meta del otro equipo.

Resources / Recursos

BOOKS IN ENGLISH / LIBROS EN INGLÉS

Horn, Geoffrey M. *Peyton Manning*. Milwaukee, WI: Gareth Stevens Publishing, 2005.

Savage, Jeffrey. *Peyton Manning*. Minneapolis, MN: Lerner Publishing, 2004.

BOOKS IN SPANISH / LIBROS EN ESPAÑOL

Suen, Anastasia. *La historia del fútbol americano*. New York: Rosen Publishing/Editorial Buenas Letras, 2004.

Index

A
award, 14, 20

C
college, 12, 14
community, 20

D
dad, 8

E
Eli, 10

I
Indianapolis Colts, 4

N
New York Giants, 10

P
passes, 6, 12
Pro Bowl, 18

T
touchdown, 6

Índice

A
anotación, 6

C
comunidad, 20

E
Eli, 10

G
Gigantes de Nueva York, 10

P
papá, 8
pases, 6, 12
Potros de Indianápolis, 4
premio, 14, 20

T
Tazón de los Profesionales, 18

U
universidad, 12, 14